LA

LANTERNE MAGIQUE

LA
LANTERNE MAGIQUE

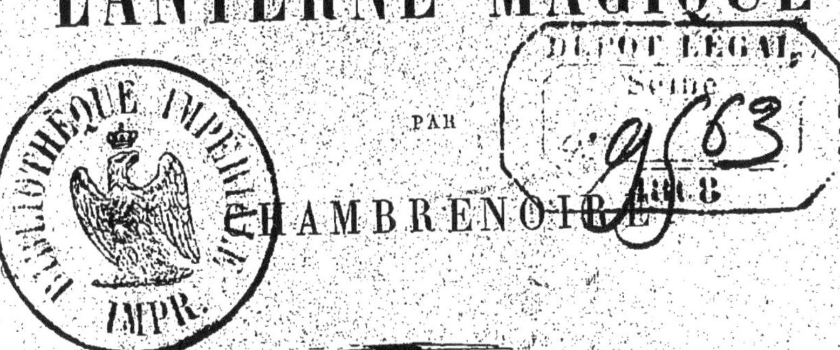

PAR

CHAMBRENOIRE

PARIS
LIBRAIRIE D'ÉDUCATION
AMABLE RIGAUD, GÉRANT
35, QUAI DES GRANDS-AUGUSTINS

PARIS. — IMP. SIMON RAÇON ET COMP., RUE D'ERFURTH, 1.

LA

LANTERNE MAGIQUE

CARLO L'IMPRUDENT

Carlo était un jeune Italien fort curieux, fort désobéissant et très-imprudent. Il habitait un pays où les brigands n'étaient pas rares, et chaque jour sa mère, qui était pêcheuse sur le golfe de Naples, le suppliait de ne pas s'écarter de la maison, et de ne pas aller courir au bois des Frênes. Chaque jour, Carlo promettait, et chaque jour aussi il allait rôder aux environs du bois défendu. Même un beau matin, il s'enfonça tellement dans les taillis, qu'il s'égara, et quand il voulut reprendre son chemin, il ne sut plus s'il fallait aller devant ou derrière, tourner à droite ou à gauche. Comme il n'était pas

poltron, mais fort gaillard au

contraire, il commençait par

croquer quelques noisettes pendant aux arbres, lorsqu'il entendit chuchoter dans un buisson voisin : « A minuit, nous irons attendre le fermier sur la route, nous lui prendrons son or et son cheval, disait l'un. — Mais que faire du fermier? disait l'autre. Arrête, j'ai entendu crier, on nous écoute ; » et les deux brigands, en se retournant, virent Carlo pâle et tremblant : « Tire dessus, » s'écria le plus grand, qui avait une casaque rouge, de longues moustaches et des pistolets énormes à sa ceinture.

« Hum! hum! fit le second dont l'air était plus humain, il est gentil, ce garçonnet; gardons-le pour nous servir de guide; et plus tard nous en ferons un brigand comme nous.

— Pardon, pardon, messieurs les voleurs, laissez-moi retourner vers ma mère qui m'attend.

— Non; tu nous trahirais; marche, et ne bouge pas; sans cela gare à toi! » Force fut à Carlo d'obéir. Comme il pleura!

comme il regretta sa désobéissance ! comme il aurait voulu s'échapper ! mais il n'y avait pas moyen entre ces deux grands diables qui ne le quittaient pas plus que son ombre. Enfin, une nuit, des coups de feu retentirent dans les montagnes, les brigands étaient découverts ; force leur fut de fuir, et Carlo, d'abord arrêté comme leur complice, fut enfin rendu à sa mère. Il devint depuis le plus soumis de tous les enfants du monde.

LA BONNE GENEVIÈVE DE BRABANT

Il y avait une belle et bonne princesse nommée Geneviève de Brabant ; son mari l'aimait par-dessus tout, et les pauvres du village ne l'appelaient que la sainte comtesse. Aux jours où elle était le plus heureuse, le comte, son époux, partit pour un long voyage, et confia la garde de Geneviève à un de ses officiers nommé Golo. Ce

Golo était un franc coquin, il voulut tromper son seigneur pendant son absence, le voler, je crois, ce à quoi la comtesse n'ayant pas voulu consentir, Golo jura de se venger. Il prit soin d'être le premier à saluer le retour de son maître, et se mit à noircir la comtesse, l'accusant de mille crimes odieux auxquels elle n'avait jamais songé. Le comte de Brabant était crédule et soupçonneux, il écouta Golo et le crut; puis se livrant à une grande colère,

il ne voulut rien entendre de

la bouche de Geneviève et la

condamna à être précipitée dans un précipice affreux. Cet ordre cruel fut exécuté, mais Dieu ne permit pas que Geneviève mourût ; elle fut miraculeusement sauvée, et pour échapper aux regards de son époux, elle se retira au fond des bois, où Dieu lui envoya un bel enfant pour la consoler. Quoique très-affligée, Geneviève vivait paisible, car on est toujours en paix quand on fait le bien ; elle avait trouvé une biche blanche qui nourrissait l'enfant de son lait, et les fruits des arbres de la forêt fournissaient à sa nourriture. Il y avait déjà cinq ans qu'elle vivait ainsi, lorsqu'un jour le comte, son époux, se livrant à la chasse, poursuivit la biche blanche, et fut conduit par elle près de Geneviève et de son fils. Il la reconnut tout de suite, et se jetant à ses pieds, implora son pardon. Depuis longtemps il avait reconnu la fausseté de Golo et l'avait fait mettre à mort; la vue de sa femme et de son enfant le rendaient à la joie. Geneviève fut heureuse de voir son innocence reconnue, mais elle ne consentit pas à retourner au palais de son époux, et se fit construire dans la forêt une demeure simple où elle vécut en priant le Seigneur.

LES CENT TOURS DE CAPRICA

Ninette, jeune Parisienne de sept ans et demi, avait passé

le dernier été à la campagne,

en pleine Normandie, au milieu

des bœufs, des vaches, des moutons et des chèvres ; lorsqu'il fallut quitter tous ces joyeux compagnons auxquels elle s'était habituée, elle poussa de tels cris de désespoir que son papa et sa maman, qui avaient la fièvre rien qu'à la voir tirer son mouchoir pour essuyer une larme, convinrent qu'on emmènerait un petit chevreau que Ninette affectionnait par-dessus tout. Ninette renfonça ses larmes, embrassa son papa en le tirant par ses favoris, baisa les mains de sa maman, et chanta tout le jour durant. Le voyage se passa bien; Caprica, c'était le nom de la chevrette, était douce et mignonne. Arrivée à l'appartement de ses parents, Ninette leur fit préparer un logis dans un cabinet près de la chambre. Les premiers temps furent beaux, mais, vous savez :

Petit poisson deviendra grand, et petite chevrette aussi. En grandissant, Caprica montra un caractère fantasque et original. Ainsi, à propos de rien, elle caracolait comme une folle dans la chambre de sa maîtresse; c'est ainsi qu'elle renversa sa petite étagère et qu'elle brisa en mille pièces le bébé parlant. Le son du piano la rendait furieuse; et un matin que Ninette étudiait, elle s'élança sur elle, la tête baissée, et lui donna une forte secousse; puis jetant sa rage sur *Bibi*, le chat favori, elle l'attrapa avec ses cornes et le lança en l'air; Bibi resta écloppé pendant plus d'un mois. Ninette commençait à penser que les appartements de Paris n'étaient pas construits pour les chèvres, et elle songeait, en se rongeant les ongles (elle avait cette déplorable manie) au moyen d'apaiser Caprica, lorsqu'elle l'aperçut broutant paisiblement ses *Contes illustrés* de Perrault. Pour le coup, Ninette poussa un cri tel, que Caprica bondit effrayée, et prit sa course à *travers chambres*, arriva à la chambre de la maman, et se trouvant près le devant d'une armoire à glace, se rua contre sa propre image avec tant de brusquerie que la glace vola en éclats.

Aujourd'hui, Caprica gambade à l'aise dans ses champs de Normandie ; elle ne regrette pas Paris et on ne l'y regrette pas.

FRÈRE ET SŒUR

Tout le village de Saint-Amé était dans l'admiration à la vue

de la sagesse et de l'amitié ré-

ciproques de Léon et de Jeanne.

Ils étaient restés orphelins, leur père ayant été frappé de la foudre à la moisson dernière, et bien qu'ils n'eussent que neuf et onze ans, il fallait trouver les moyens de vivre sans mendier; leurs parents leur ayant toujours inspiré une sainte horreur pour la paresse et le vice. Léon s'engagea comme berger chez un gros fermier, qui lui donnait deux pièces de cinq francs par mois, et Jeanne alla à la journée chez les messagères du village, gagnant jusqu'à huit sous par jour, ce qui était fort joli pour son âge; elle allait à la fontaine et savonnait courageusement le linge, ou elle filait la laine et la toile avec une rapidité étonnante; ou encore, elle sarclait le jardin, et allait faire des commissions à la ville. Quand l'*Angelus* de midi sonnait, la bonne Jeanne rajustait sa coiffe, lissait ses jolis cheveux bruns, remplissait un panier de ce qu'on lui avait donné de meilleur, et courait le porter à Léon, qui mangeait de bon appétit. Jamais de joies pour ces deux enfants, jamais de danses sur l'herbe, ni de gais repas sous la feuillée, toujours travailler, toujours, et malgré cela, toujours joyeux comme pinsons. Les jours où ils ne travaillaient pas, ils allaient à l'église ou au cimetière faire une prière sur la tombe de leurs parents, et revenaient en causant doucement, et en se tenant par la main. Tant de courage et de cœur les fit aimer de tous. Le curé leur apprit à lire, à écrire, à compter. Le fermier augmenta les gages de Léon, et quand il eut quinze ans, il le prit chez lui pour faire ses comptes et le suivre dans les marchés. Léon, de jour en jour, gagna plus d'argent, et quand il tira au sort, le riche fermier le racheta, et lui fit épouser sa fille, de sorte qu'aujourd'hui il tient la ferme lui-même, et répète souvent à sa sœur : La bonne conduite et le travail sont la plus sûre richesse.

LE VOLEUR DE TOUPIES

La toupie est un jeu bien agréable ; j'avoue qu'il est charmant de fouetter sur un terrain uni une bonne toupie d'Allemagne qui bondit, tourbillonne, court, tourne, chancelle, et qu'on ranime d'un vaillant coup de fouet; comme vous j'ai aimé ce jeu amusant, mais mon amour avait des bornes. Alexis, lui aussi, aimait

les toupies, mais avec un excès

blâmable; il ne pouvait pas en

voir une sans avoir la fantaisie de se l'approprier; il excellait à les dérober à ses petits camarades, les escamotait dans la poche, dans le pupitre, dans la rue; pourtant j'ai ouï dire qu'il ne cherchait tant à s'en procurer que pour les revendre ensuite, mais je n'ai jamais voulu croire une si vilaine chose. Quoi qu'il en soit, Alexis s'était déjà attiré de ses camarades le surnom odieux de chipeur, lorsqu'un jeudi, sa maman l'emmena se promener au

Jardin des Plantes avec sa sœur Lucy et son frère Max. Comme ils avaient tous été bien sages, leur maman leur permit de choisir à la boutique d'un marchand de jouets ce qui leur conviendrait. Lucy prit une poupée en robe rose, Max des billes de toutes les couleurs, dont il emplit ses poches; quant à Alexis, il demeura longtemps devant l'étalage, furetant, cherchant, prenant chaque objet dans sa main, et se décida enfin, comme cela ne devait pas manquer, pour une toupie. « Je prends cela, dit-il au marchand, qui ne l'avait pas quitté des yeux. » La maman paya la poupée, les billes, la toupie; mais le marchand tendait encore la main. « N'est-ce pas tout? demanda la mère. — Pardonnez, madame, le jeune monsieur a une toupie à la main, mais il en a deux dans ses poches! » O honte! la mère devint pâle, le petit garçon rouge jusque dans les yeux, et son frère et sa sœur s'écartèrent de lui avec horreur. « Je n'ai rien, balbutia Alexis. — Ne niez pas, ou je vous mène au poste, tout beau monsieur que vous êtes, » dit rudement le marchand. La mère mit dans la main de cet homme trois fois l'argent qu'il réclamait et entraîna son fils loin de la foule qui se formait. Un mois durant, il ne reçut pas une caresse de sa mère offensée ; il en eut tant de chagrin qu'il se corrigea.

LES BLUETS ET LES COQUELICOTS

« Les belles fleurs que voilà, maman! regardez, je vous prie: des marguerites, des bluets, des coquelicots! A la bonne heure! on peut faire des bouquets plus jolis qu'avec ce vilain blé jaune et semblable à de la paille. — Tu parles comme une petite folle, ma mignonne, reprit la mère; comme toi j'admire et j'aime ces jolies fleurs

rouges et bleues, mais... —

Ah! maman, n'en dites pas de

mal; ce soir je prierai le bon Dieu pour que tous les champs soient de bluets ou de coquelicots. — Soit, ma fille, les laboureurs pourront dès lors entrer en vacances, les machines ne plus tourner, les meuniers se promener sur leurs ânes comme des messieurs, ce sera un bon temps que celui où nous allons entrer; je n'y vois qu'un petit inconvénient: c'est que le blé manquant, il faudra se passer de pain et mourir de faim au milieu de tes champs fleuris; tes amies, les petites glaneuses, n'auront que faire de tes bluets, et leurs petites mains amaigries se tendront vainement vers un blé qui ne poussera plus. — Vous vous moquez de moi, maman, et je vois que j'ai dit des sottises; j'ai parlé en enfant qui ne réfléchit pas, mais heureusement que Dieu n'exauce pas les sottes prières, et qu'il ne remplacera pas le blé, qui est la richesse du pauvre, par des fleurs inutiles. — Non, ma fillette, et souviens-toi toujours que Dieu fait bien tout ce qu'il fait. »

L'OISEAU ROSE

La jolie princesse Mignonne, avec sa fidèle nourrice, allait chaque soir sur la terrasse du château pour guetter le retour de son père, parti pour une expédition lointaine. Un jour, elle vit un oiseau gros comme une colombe, et d'une couleur pareille à celle des roses de buisson, s'abattre sur sa main.

Quel ne fut pas son étonnement

lorsque l'oiseau, après lui avoir becqueté les lèvres, lui dit d'une voix claire : « Belle Mignonne, aie pitié de moi ! » Elle eut peur d'abord et voulut repousser l'animal ; mais il ajouta si doucement : « Ne me chasse pas, la fée Noire est acharnée à ma perte ; dans deux jours, le charme cessera, et je serai libre de te prouver ma reconnaissance, » que Mignonne ne sut lui résister ; elle le prit dans ses mains, le baisa, et enfin l'emmena dans sa chambre.

« Noire me poursuivra jusqu'ici, dit l'oiseau rose; prends cette feuille de chêne, et si je cours quelque danger, souffle dessus, alors je serai sauvé! » Mignonne promit tout et ne tarda pas à faire essai du talisman : Un hibou immense entra par je ne sais quelle ouverture, et se mit à tourner en rond autour des lumières, et allait s'élancer sur l'oiseau, lorsque la princesse soufflant sur la feuille de chêne, le hibou s'en alla en fumée. Un vieil oiseleur qui se présenta le lendemain, fut mis en fuite de même; enfin le fusil d'un jeune chasseur fut aussi détourné. Le second jour, comme Mignonne passait sa main sur les plumes lisses de l'oiseau, elle sentit deux lèvres fraîches qui la baisaient au front et vit une belle jeune fille à ses côtés. « Je suis ta sœur la princesse Brillante que la fée Noire haïssait; mon charme est fini, et je te dois la vie, je serai toujours ta meilleure amie. » Mignonne sourit et embrassa sa sœur.

Voyez-vous ce gros chien griffon qui se chauffe au soleil: il est vieux, vieux, sa démarche est lourde, ses yeux presque voilés, sa voix éteinte, et pourtant il a la meilleure place au foyer de la chaumière du bûcheron Louis. Tous les jours, on lui sert une grande jatte de lait, le matin, et une bonne pâtée, le soir. Et pourtant le bûcheron Louis n'est pas riche; non, mais il est reconnaissant. Son grand garçon Louisot aussi est reconnaissant envers le grand griffon, et ils ont bien sujet de l'être. Écoutez un peu : Un jour que Louisot était un tout petit enfant, le bûcheron Louis s'en alla fendre du bois dans la forêt; sa femme, la petite Janon, alla au village vendre ses légumes, et le petit Louisot, resté tout seul, promit bien de ne pas bouger de son berceau; mais quand sa mère fut partie, il

n'eut rien de plus pressé que

de descendre vite, et d'aller

courir au jardin où mûrissaient de belles fraises rouges; le grand griffon le suivait comme son ombre tout en grognant, le bon animal, car il sentait que Louisot faisait mal. Quand Louisot eut croqué des fraises tout son soûl, il voulut boire, et trotta comme un homme jusqu'à la grande mare où s'ébattaient les canards et mille oisillons; notez qu'il était pieds nus et que sa petite chemise était son seul vêtement. Il se baissa pour prendre de l'eau, mais la tête l'emporta et il disparut dans la mare. Le grand griffon s'y élança d'un bond et ramenant Louisot suffoqué sur le bord, le porta à l'ombre des grands arbres qui ombrageaient la chaumière, et se mit à le lécher de toutes ses forces, et comme Louisot ne revenait pas à lui, il le réchauffa de son haleine, et finit par se coucher à demi sur lui, pour lui communiquer sa chaleur; enfin l'enfant revint à lui, et la joie du chien ne connut plus de bornes. Ce fut alors que Janon et Louis qui cherchaient Louisot partout, le retrouvèrent encore tout mouillé; vous comprenez pourquoi ils aimaient tant tous les trois le grand griffon.

LE VERRE DE COCO

Georges avait sept ans, l'âge de raison pour les enfants, mais il semblait l'ignorer, car aucun petit garçon ne semblait prendre à tâche d'être aussi désagréable que lui. Sa paresse était extrême, sa gourmandise sans pareille, mais son plus grand défaut était l'impertinence et la malhonnêteté. Il avait une petite bonne bretonne, qui était la douceur même, et il n'y avait pas de malices que Georges ne lui jouât. Il lui cachait sa coiffe, lui renversait son lait, lui perdait ses aiguilles, la faisait tromper de chemin, ce qui n'était pas difficile, la jeune fille étant toute fraîche débarquée à Paris, et riait sous cape quand sa maman grondait la bonne de rentrer si tard. Il faisait très-chaud, un jeudi que Georges voulut aller au Jardin des Plantes. Après avoir couru jusqu'à en devenir rouge comme la crête d'un coq, le petit garçon eut soif, et sa bonne dut le conduire près d'une marchande de coco. « Allons, allons, vite, un verre de coco, cria le petit despote en frappant du pied, j'ai soif; allons, vite. » Marthon essuyait le front de son jeune maître, et pressait aussi la marchande, mais celle-ci était une femme susceptible; elle regarda de travers M. Georges et ne répondit pas. « N'avez-vous pas entendu? répéta celui-ci. — J'ai entendu, mon petit monsieur, mais je n'ai pas de marchandise pour les malhonnêtes, dit la femme. — A boire! à boire! cria Georges en secouant la mince boutique à la faire tomber. — Allez à une autre boutique! » Georges, furieux, saisit une poignée de sable et la lança à la figure de la marchande, mais il reçut lui-même un verre de coco en pleine face, ce qui le rafraîchit, en vérité; sa bonne et plusieurs personnes qui s'étaient rassemblées rirent aux éclats. Georges n'osa rien répliquer; il rentra chez lui fort penaud, et son père ayant su cette histoire, lui disait quand il était méchant : « Georges, je crois que tu veux un verre de coco. »

PARIS. — IMP. SIMON RAÇON ET COMP., RUE D'ERFURTH, 1.

XLVIII

www.ingramcontent.com/pod-product-compliance
Ingram Content Group UK Ltd.
Pitfield, Milton Keynes, MK11 3LW, UK
UKHW021946260726
13994UKWH00004B/1570

9 782329 159720